Cómo hablar con tu robot

PIZCA DE SAL

1.ª edición: marzo 2014
8.ª edición: julio 2021

Juan Ignacio Luca de Tena, 15. 28027 Madrid
e-mail: anayainfantilyjuvenil@anaya.es

Diseño de cubierta:
Miguel Ángel Pacheco y Javier Serrano

ISBN: 978-84-678-6105-1
Depósito legal: M. 2453/2014
Impreso en España - Printed in Spain

Ana Alonso

Cómo hablar con tu robot

Ilustraciones
de Lucía Serrano

ANAYA

Para Alejandro,
mi superhéroe favorito.

Capítulo 1

Me llamo Lucas, soy un superhéroe, y como todos los superhéroes siempre estoy intentando derrotar a los villanos y salvar el mundo. El problema es que salvar el mundo da mucho más trabajo de lo que la gente se cree. Los supervillanos cada vez están mejor preparados. A veces me pregunto si tendrán una universidad secreta o algo así donde les enseñan todos sus sucios trucos. Y toda esa tecnología avanzada que manejan... ¿De dónde la sacan? ¿La inventan ellos? La verdad, no tengo ni idea.

El caso es que cada día es más difícil vencerlos, y uno, a veces, se desanima.

El otro día llamé por teléfono a mi abuela, que es una superheroína jubilada, para hablarle justamente sobre eso. Ella me dijo que me comprendía.

—No te agobies, Lucas —me dijo—. El problema es que solo tienes ocho años. Un superhéroe de ocho años, por muy bueno que sea, no puede ser perfecto. Tú intenta seguir aprendiendo y mejorando un poco cada día... ni siquiera los superhéroes consiguen nada si no se esfuerzan.

Las palabras de mi abuela me animaron bastante. Cuando colgué, me puse a pensar.

Necesitaba un plan, una estrategia para mejorar mi potencial heroico. ¿Por dónde podía empezar?

Se me ocurrieron varias ideas:

1. *Cambiarle el motor a mi monopatín volador.* Un motor atómico sería espectacular, pero un poco contaminante. Decidí pensarlo más detenidamente.

2. *Mejorar las prestaciones de mi superbrazo-garfio.* El otro día, mi padre me enseñó una herramienta increíble que se ha comprado para cuando vayamos de acampada en el verano. Se llama «navaja suiza especial», y sirve para un montón de cosas: tiene abrelatas, sacacorchos, cortaúñas, afilapuntas y hasta un cepillo de dientes. A lo mejor podría meterle a mi superbrazo una especie de navaja suiza, sería muy práctico.

3. *Aprender chino.*
   Todo el mundo dice que el chino es el idioma del futuro y que hay que aprenderlo, y que patatín y que patatán. Ya sé que aprender chino no tiene mucho que ver con el trabajo de un superhéroe, pero siempre te puede venir bien, porque ¿y si aparece un supervillano que solo habla chino? ¿Y si alguien en China quiere contratarte para que luches contra el mal? Nunca se sabe.

Como no sabía por cuál de estas tres opciones decidirme, se me ocurrió consultar con mi amiga Leonor. Leonor es una superheroína, y últimamente colaboramos bastante. Unas veces la salvo yo a ella, otras veces me salva ella a mí... y cuando no tenemos que salvarnos el uno al otro, normalmente discutimos. Es que Leonor es un poco mandona, aunque ella dice que lo que hace no es mandar, sino organizar. De todas formas, es una buena amiga, y hasta cuando nos peleamos resulta divertido.

Bueno, el caso es que fui a casa de Leonor y le conté mis ideas para mejorar mi potencial heroico. Quería que me ayudara a elegir el mejor plan. Pero ninguna de mis ideas le gustó mucho.

—Si de verdad quieres mejorar como superhéroe, lo que necesitas es tener un buen ayudante. Alguien en quien poder confiar y que esté siempre a tu lado... Como Clarissa conmigo.

—¿Clarissa? ¿Quién es Clarissa?

—¿Cómo que quién es Clarissa? Pues mi robot, ¿es que no la has visto? Siempre me acompaña a todas partes. Y hablando de eso... He observado que tú también tienes un robot que va siempre contigo, pero nunca le hablas ni le haces ningún caso. Francamente, debe de sentirse muy mal, el pobre.

—¿Te refieres a mi robot rojo? Me sigue a todas partes, es como mi mascota. No sirve para gran cosa, pero le tengo cariño... ¿Por qué me miras así, como si fuera un asesino?

Leonor parecía horrorizada por mis palabras.

—¿Cómo puedes hablar así de tu robot? ¿No te da pena? ¿Es que crees que los robots no tienen sentimientos?

—Pues... sí, eso es lo que creo.

—Pues te equivocas. Claro que tienen sentimientos. Necesitan sentirse queridos y aceptados, y, sobre todo, necesitan sentirse útiles. ¿Sabes lo que os falta a tu robot y a ti?

—No... ¿Qué nos falta?

—Comunicación —dijo Leonor con gran seguridad—. Necesitáis hablar más entre vosotros, ser sinceros el uno con el otro... ¿Cómo se llama, por cierto?

—¿Mi robot? Pues, no sé... Nunca le he puesto nombre. Ah, y no habla... No conoce el lenguaje humano.

—¿Que no habla? ¿Que ni siquiera tiene nombre? —Leonor me miraba como si yo fuese el mayor villano de la galaxia—. Pobrecito, ¡con razón parece tan triste!

—Yo no lo veo triste...

—¡Es que ni siquiera te das cuenta! De verdad, Lucas, creía que eras más sensible.

—Soy sensible. Soy muy sensible. Además, ya te he dicho que le tengo cariño. Solo que nunca se me había ocurrido que pudiera hablar.

—¡Pues claro que puede! Está deseando, el pobre, se le nota en la mirada. Solo tienes que enseñarle... Como yo enseñé a Clarissa.

—Ya, vale... pero ¿cómo se hace?

—Pues muy fácil. ¿Tú nunca has visto cómo hablan los mayores con los niños pequeños? Les sonríen mucho, les repiten las cosas mil veces, les cantan

canciones... Esa es la primera fase. En la segunda, yo te recomiendo que le leas cuentos. A los robots les encantan los cuentos. Sobre todo los de princesas en apuros... Bueno, por lo menos a Clarissa.

—¿Y ya está?

—No, luego viene la tercera fase. Tienes que ampliar su vocabulario. Para eso lo mejor es que hables mucho con él, que le cuentes cosas de tu vida. Podéis ver juntos la tele y comentar los programas, pero ten cuidado con lo que ve, los robots son un poco miedosos y, si le pones un programa de miedo, luego por la noche tendrá pesadillas.

—Pero si los robots no duermen...

—Pero tienen pesadillas igual, te lo aseguro. Luego, cuando ya hable bastante bien, puedes enseñarle a leer.

Se me escapó un resoplido, no lo pude evitar.

—¿Qué pasa? —preguntó Leonor, cruzándose de brazos—. ¿Algún problema?

—No, ninguno... Es que todo eso me va a llevar un montón de tiempo. El hermano de mi amigo Quique tiene cinco años y ni siquiera habla del todo bien. No puedo pasarme cinco años entrenando a mi robot, necesito soluciones ya.

—Ah, por eso no te preocupes. Los robots aprenden muy deprisa. En quince días seguro que ya habla bastante bien. Y cuando sepa hablar bien se convertirá en tu mejor ayudante, ya verás. Te ayudará a mejorar tu potencial heroico.

—Supongo que no pierdo nada con intentarlo. ¿Quince días, dices?

—Yo lo conseguí en diez, pero claro, no todo el mundo es como yo...

—¿Crees que yo no puedo hacer lo mismo que tú? —pregunté enfadado—. Si quiero, puedo hasta superarlo. ¿Quieres que te lo demuestre?

Leonor se cruzó de brazos, desafiante.

—Me encantaría —dijo.

—Muy bien. Dentro de nueve días exactamente es mi cumpleaños. Pienso celebrar una fiesta, y en ella presentaré a todos a mi robot y demostraré que sabe hablar a la perfección. Así que ya sabes, estás invitada.

—Bah. No lo conseguirás. Ni siquiera le has puesto nombre todavía.

—Claro que le he puesto nombre. Se llama Bip. Vamos, Bip, ven conmigo, volvemos a casa... Tenemos mucho que hacer.

Capítulo 2

Para poner en marcha mi plan y enseñar a hablar a Bip en ocho días, decidí pedir ayuda a Quique.

Quique es uno de mis dos mejores amigos del colegio. El otro es Raúl. Si algún día tengo que enseñarle a Bip a jugar al fútbol, le pediré ayuda a Raúl, porque es el mejor delantero centro del colegio. Es un goleador increíble. Pero para enseñar a hablar a alguien... bueno, no creo que ese sea su punto fuerte, porque la verdad es que Raúl habla regular.

Para empezar, casi siempre se le olvida terminar las frases. Además, pronuncia «pistina» en lugar de «piscina» y «astensor» en lugar de «ascensor». Y otro problema es que dice tacos... no verdaderos tacos, sino palabras de esas que mi madre odia, como «culogordo», «caraculo» y... bueno, otras de ese estilo. La verdad, como profesor no sería muy buen ejemplo para Bip.

Pero Quique es otra cosa. Quique es un genio. Bueno, lo será cuando sea mayor; de momento está demasiado ocupado viendo la tele y captando ideas para sus futuros inventos. Cuando crezca quiere ser inventor de artilugios para superhéroes. Le encantan los superhéroes, sobre todo los que tienen armaduras chulas como Ironman o vehículos increíbles como Batman. Cuando se enteró de que yo era un superhéroe, se puso a saltar de contento y a llamarme «Superlucas». Estábamos en tercero de Infantil. Me dio una vergüenza...

Pero desde entonces, hemos sido grandes amigos.

Cuando le expliqué a Quique lo que teníamos que hacer con Bip, le entusiasmó la idea.

—Genial —dijo—. Si estabas buscando al profesor perfecto, lo has encontrado. Estoy harto de oírle a mi madre cantar canciones tontas para dormir a mi hermano Manuel. Me las sé todas de memoria, y ahora, por fin, van a servirme de algo. ¿Cuándo empezamos?

—Pues esta tarde, cuando salgamos del colegio.

Dicho y hecho. Llegamos a mi casa, soltamos las mochilas, nos comimos un plátano cada uno para reponer fuerzas y, como no teníamos deberes, empezamos a entrenar a Bip.

Primero le cantó una nana, esa que dice:

Duérmete niño,
duérmete ya,
que viene el coco
y te comerá.

Bueno, no sé si es eso lo que dice en realidad, pero así es como la cantaba Quique. Bip, el pobre, lo miraba con los ojos como platos. Yo creo que la canción le estaba dando miedo, así que decidimos probar con otra. ¿Conocéis esa de «Cinco lobitos tiene la loba»? Mientras Quique y yo cantábamos a voz en grito, Bip nos contemplaba pasmado. Hasta que por fin, dijo su primera palabra, que fue algo así:

—¡Buaaaaaa!

—Está llorando. No le gusta —murmuré, preocupado—. A este paso, no vamos a conseguir nada.

—¿Y si cambiamos la letra? A lo mejor así le gusta más.

—Bueno, podemos probar...

Quique se quedó pensando un momento y luego empezó a cantar:

Cinco superhéroes
luchan contra el mal,
cinco superhéroes
lo pasan genial...

Al oír aquellas palabras, a Bip se le iluminaron los ojos. Y empezó a cantar:

Cico supeeroe
Lutan conta el mal...

Al principio pronunciaba fatal, el pobre, pero después de tres o cuatro repeticiones mejoró muchísimo. ¡Habíamos encontrado el método perfecto para enseñarle!

Después de «Cinco superhéroes», le cantamos un montón de canciones inventadas, como «Había una vez un robotito chiquitito», «Dónde está el supervillano», «Cucú, cantaba el Hombre Rana», o «Tengo una figura de acción vestida de azul».

Bip se las aprendió todas rapidísimo... El primer día de entrenamiento fue un éxito.

El segundo día empezamos con los cuentos. Descubrimos entonces que a Bip no le interesaban demasiado las historias de niños magos, ni las de animales que hablan ni mucho menos las de princesas (se puso a bostezar cuando intentamos leerle *La Bella durmiente*). Yo ya no sabía qué intentar, la verdad.

—Si quieres, puedo ir a casa y traer mis cómics de superhéroes —dijo Quique—. ¿Llamamos a mi madre para que venga a buscarme?

—Bueno... pero antes tendríamos que estudiar un poco. Mañana tenemos control, ¿recuerdas? Tenemos que repasar lo de las funciones de nutrición.

Así que dejamos a Bip y nos pusimos a repasar. Después de leer la lección un par de veces en el libro, empezamos a preguntarnos uno a otro.

—Te toca, Quique. A ver, ¿cómo se alimentan las plantas?

—Pues... A ver. Las plantas tienen una sustancia verde en las hojas que se llama clorofila y que sirve para captar la luz del sol y transformarla en energía química.

—Clorofila —repitió Bip, muy interesado—. Energía Química...

—¿Qué es la savia bruta? —me preguntó Quique.

—Es una mezcla de agua y sales minerales que las plantas cogen del suelo a través de las raíces.

—Savia bruta. Sales minerales. Raíces. ¡Mola! —dijo Bip.

Como vimos que el tema le gustaba, le leímos en voz alta toda la lección, de principio a fin. Y luego se la volvimos a leer... pero Bip nos interrumpió y empezó a recitarla de memoria. ¡Se la había aprendido!

Estaba progresando muy deprisa, y además, nos ayudaba a repasar.

Al día siguiente le enseñamos matemáticas mientras hacíamos los problemas que nos habían puesto de deberes. Y luego un poco de inglés. El inglés nunca hace daño, en estos tiempos. Eso es lo que dice siempre mi padre.

Cuando terminamos los deberes, pusimos en la tele un documental sobre cómo se fabrican los trajes de buzo. Puede parecer un tema aburrido, pero Bip estaba encantado. Aprendía todos los nombres raros que decían a la primera: escafandra, botellas de oxígeno, inmersión... Fue un día muy bien aprovechado.

O_2
CO_2
H_2O

En los dos días siguientes, vimos con Bip documentales de dinosaurios, de naves espaciales, de elefantes, de grandes inventores, del cuerpo humano y de momias egipcias. El de las momias le dio un poco de miedo, pero aun así aprendió a decir palabras como «faraón», «sarcófago», «pirámide» y «papiro».

—Está más que preparado —me dijo Quique—. Ya verás, el día del cumpleaños va a impresionar a todo el mundo.

—Ya. Eso será si se ponen a hablar de faraones o de triceratops —dije yo, preocupado—. Pero, si es una conversación más normal... No sé si se enterará.

—Pues deberías hacer la prueba.

Decidí seguir el consejo de Quique, y esa noche, por primera vez en mi vida, intenté hablar en serio con mi robot.

—¿Cómo van las cosas, Bip? —le pregunté—. ¿Estás cansado?

Bip me miró con sus grandes ojos redondos.

—El sobre esfuerzo puede afectar al músculo cardiaco —dijo.

—Perdona, no entiendo...

—Es algo del corazón, creo. ¿A que mola?

—¡Bip! ¡También sabes hablar normal! ¿Cuándo has aprendido?

—Oyéndoos a Quique y a ti. Pero como me poníais esos documentales para que aprendiese, pensé que os gustaba más el otro estilo. Ya sabes: «En las profundidades de la sabana africana, acecha un depredador cruel y sanguinario». Y cosas así.

—¿Sabes qué? En realidad me gusta más que hables normal, Bip.

—¿En serio? Pues no sabes cuánto me alegro, porque se me estaban calentando los circuitos de decir tantas palabras difíciles... ¡y además, esa forma de hablar consume muchísima batería!

Capítulo 3

Estaba deseando que llegase mi fiesta de cumpleaños. ¡Qué cara iba a poner Leonor cuando viese lo que había conseguido con Bip! Eso le demostraría que puedo ser tan bueno como ella.

Y también estaba ansioso por ver mis regalos, claro. Mis padres habían estado muy misteriosos toda la semana; seguro que tenían preparado algo grande. Y además, mi abuela iba a venir desde su residencia para superhéroes jubilados con un regalo especial... ¡qué ganas tenía de verlo!

A las cinco de la tarde, mi abuela y yo empezamos a decorar la casa con globos de colores. Mi madre sacó del horno las dos *pizzas* que estaba preparando. ¡Olían de maravilla! Y mi padre, mientras tanto, no paraba de llenar bandejas con los sándwiches que estaba haciendo: los había de

queso, de pepino, de atún con mayonesa y de ensalada de pollo. Es que cuando mi padre se pone a cocinar, no hay quien le pare...

A las seis llegaron los primeros invitados. Eran Quique y Raúl. Cada uno traía un paquete de regalo.

—¡Felicidades, viejo! —me dijo Quique—. Ay que ver, cómo pasan los años.

—Déjate de historias, Quique. Venga, abre los regalos —dijo Raúl—. Ya verás, el mío te va a encantar. A mí me gusta tanto que casi no quería regalártelo.

—Los regalos después, chicos, cuando cantemos el Cumpleaños Feliz —dijo mi madre—. Enseguida nos sentamos a merendar. Falta la última invitada...

Entonces llamaron al timbre, y al abrir la puerta me encontré con Leonor. Traía un paquetito diminuto envuelto en papel verde y atado con un lazo. Era del tamaño de una postal, y completa-

mente plano. No podía dejar de mirarlo y de preguntarme qué tendría dentro... ¿Una tarjeta de memoria con nuevos golpes antivillano? ¿Un mando a distancia para mi monopatín volador?

—Felicidades, Lucas —me dijo, y después me dio dos besos en las mejillas.

Odio admitirlo, pero creo que me puse colorado. Sobre todo me dio rabia por Quique y por Raúl, que estaban mirando, y que empezaron a soltar risitas.

—Bueno, todos a merendar —dijo mi padre—. Esto hay que celebrarlo.

Mis amigos se lanzaron como lobos hambrientos sobre los sándwiches y las patatas fritas. Leonor los miraba con el ceño fruncido: yo creo que había algo en su forma de hablar y comer al mismo tiempo, escupiendo migas, que no le gustaba demasiado. Pero mientras tanto, también ella comía y comía sin parar. Eso sí, de una manera muy educada.

—¡Qué deliciosa está esta *pizza!* —decía—. Y estos sándwiches de pepino son increíbles. ¿Alguien podría darme la receta?

Mis padres parecían encantados con ella.

En cambio, yo estaba tan nervioso que había perdido el apetito. Creo que solo me comí dos palitos de queso y una patata. Mi abuela se dio cuenta de lo que me pasaba.

Por eso, cuando ya todos parecían llenos y satisfechos, dio un par de palmadas y se puso de pie.

—Bueno, creo que ya hemos hecho esperar bastante al pobre Lucas —dijo—. Ha llegado el momento de que le demos nuestros regalos, ¿no os parece?

Todos dijeron que les parecía bien.

Mis padres fueron los primeros. Habían envuelto su regalo en un papel de Mickey Mouse, y eso no me hizo ninguna gracia, porque parecía un paquete para un niño de dos años. Pero de todas formas lo desenvolví... y lo que había dentro me arrancó un grito de alegría. Era una cámara fotográfica, mi primera cámara. Podía hacer fotos hasta en la oscuridad, y era completamente sumergible.

—Gracias... ¡Mil gracias! —dije, y les di un abrazo a cada uno, de esos tan fuertes que casi te cortan la respiración.

Después le llegó el turno a Quique. Antes de desenvolver el regalo ya sabía lo que era, por la forma del paquete. Un videojuego...

Rasgué el papel rápidamente y lo saqué.

—¡Ciudad Dragón! Es perfecto, lo quería desde hace tiempo.

—Ya lo sé —dijo Quique, orgulloso—. Tenía pensado regalártelo desde hace un montón de meses.

El regalo de Raúl era una figura de acción, una especie de ninja con una moto azul y plateada que no le pegaba mucho, pero era bastante chula. El ninja y la moto estaban metidos en una de esas cajas con tornillos y ataduras por todas partes, así que decidí no sacarlos por el momento.

—No sabía si te gustaría —dijo Raúl, encogiéndose de hombros—. Pero ¿qué se le puede regalar a alguien que tiene un superbrazo garfio y un monopatín volador? No es fácil...

—Está genial, Raúl, muchas gracias.

—Bueno, ahora me toca a mí —dijo mi abuela—. Toma, hijo, espero que lo disfrutes.

Su caja era la más grande de todas. Y cuando la abrí, estuve a punto de atragantarme de la emoción.

—Pero abuela esto es... es... demasiado —balbuceé—. ¡Te has pasado!

—Claro que no. Es un nuevo traje de superhéroe, y te hacía falta. La última vez que nos vimos, me fijé en que el tuyo se te había quedado un poco pequeño.

Todos se acercaron para ver mejor mi nuevo traje.

—Me encantan los colores —dijo Leonor—. Y ese toque dorado... le da un aire distinguido.

—Tiene sistema de calefacción interna y secado rápido, repele el fuego y las balas, y hasta tiene un escudo antihechizos en las botas —explicó la abuela—. Es un sistema patentado por mi amigo Bootman, que sirve para protegerse de los hechizos que atacan a los pies. También evita que te salgan callos.

—Está fenomenal. Gracias, abuela, es mucho más de lo que esperaba.

—Comparado con esto, mi regalo te va a parecer una tontería —dijo Leonor, tendiéndome su diminuto paquete.

Me pareció que enrojecía al decir aquello, pero no estoy seguro.

—De todas formas, es muy práctico, y yo creo que a muchos superhéroes les gustaría tenerlo —siguió diciendo atropelladamente—. En fin, espero que te guste, no sabía muy bien qué regalarte.

Abrí el paquete y saqué una especie de tarjetita dorada que había dentro.

—¿Qué es? —pregunté—. ¿Un chip de oro flexible?

—No. Es una suscripción por un año a la revista «Superhéroe al día». Está fenomenal, ya lo verás.

Tiene artículos muy buenos sobre los últimos artilugios, noticias de los villanos más actuales... Yo creo que te va a entusiasmar. Bueno, si te gusta leer.

Le di las gracias con una gran sonrisa. El regalo no estaba mal, pero la verdad es que yo ya estaba pensando en lo que iba a venir a continuación.

—Bueno, y ahora que hemos terminado con los regalos, es hora de que os presente a mi nuevo ayudante Bip —anuncié, poniéndome de pie—. Todos lo conocéis, pero lo vais a encontrar muy cambiado. ¡Ahora habla!

—Un momento, hijo —me interrumpió mi padre—. Todavía queda un regalo por abrir. Ha llegado esta mañana, es un paquete enorme.

Me empezó a latir muy deprisa el corazón.

—¿En serio? ¿Y quién lo envía?

—Pues... no sabemos. La tarjeta pone: «De tus fans».

Me quedé con la boca abierta. Ni siquiera sabía que tenía fans, y menos que estuvieran tan organizados como para mandarme un regalo por mi cumpleaños.

Mi madre trajo el paquete. Era enorme, casi ocupaba toda la mesa. Tenía forma de cilindro aplastado, y estaba atado con un lazo de color rojo.

—Venga, ábrelo ya —dijo Raúl.

—Qué nervios... ¿qué será? —dijo Leonor.

De la emoción, casi no podía deshacer el lazo del paquete. Se me enredó en el garfio y tardé un montón en desenredarlo.

Cuando por fin conseguí deshacer el nudo y abrir la caja, me encontré con algo maravilloso.

Era la tarta más espectacular de la historia. Tenía tres pisos, y cada uno estaba formado por varias capas de crema de queso y de mermelada de

frambuesa. En la capa de arriba ponía, con letras de chocolate: «Felicidades, Lucas».

Y había una vela con forma de monopatín.

Mi padre encendió la vela, mi madre apagó las luces del comedor, y todos empezaron a cantar Cumpleaños Feliz.

—Pide un deseo —me dijo Leonor al terminar.

Cerré los ojos, pedí un deseo y soplé.

¿Queréis saber cuál era mi deseo? Pues deseé... Deseé que todos mis cumpleaños fuesen tan maravillosos como ese.

Fue una equivocación, una grandísima equivocación... porque el cumpleaños no había terminado todavía.

Capítulo 4

La tarta estaba riquísima, todos los que la probaron estuvieron de acuerdo. Era la tarta más apetitosa que habíamos comido nunca: el queso cremoso, la dulce y jugosa mermelada... ¡qué cosa tan exquisita!

Todos repetimos, bueno, todos menos Quique, porque a él no le gustan ni el queso ni las tartas de queso, así que ni siquiera la probó. Y tampoco la pudo probar la abuela, porque es alérgica a las frambuesas.

Mala suerte para ellos, pensé yo entonces...

Los demás comimos y comimos hasta que no quedó ni una miga en la bandeja. Pensándolo bien, fue bastante raro, porque aunque estábamos llenos no podíamos parar.

Y lo más curioso es que, cuando terminamos, a mí ni siquiera me dolía el estómago. Me sentía mejor que bien... un calorcillo muy agradable me invadía por dentro, y la cabeza me flotaba.

—Bueno, y ahora que habéis terminado por fin, ha llegado la hora de que presentes a Bip, Lucas —me recordó Quique, que estaba aburrido de mirar cómo nos atiborrábamos de tarta—. Ya veréis, es increíble... Bip ha aprendido a hablar en un tiempo récord.

—Vete tú a buscarlo si no te importa —dije—, que yo estoy un poco mareado.

Quique se fue a mi habitación y regresó unos minutos después con Bip. Lo puso encima de la mesa y le dijo:

—Vamos, Bip. Habla...

Bip miró a su alrededor con sus grandes ojos de robot. Estaba asustado. Él es de color rojo de la cabeza a los pies, pero me pareció que sus mejillas se habían vuelto todavía más rojas de lo normal.

Decidí que necesitaba mi ayuda, así que dije:

—Venga, Bip, ¿es que tienes pelos en la lengua?

Bip, el pobre, me miró con asombro. Y luego hizo algo muy muy extraño: Sacó su lengua de metal, la sacó muchísimo, y se la miró un buen rato.

—Negativo —dijo al final—. Ningún pelo detectado en la lengua.

Todos se echaron a reír. Menos yo. Y es que, mientras todos se reían, yo estaba pensando que la frase sobre los pelos en la lengua que había dicho no era muy normal en mí. La había oído alguna vez, es cierto, pero yo no la usaba... ¿Por qué me había salido de repente al hablar con Bip?

Había dejado en ridículo a Bip, y todo por haber utilizado aquella expresión. Él era un robot y estaba empezando a aprender la forma de hablar de los seres humanos. No podía entender esa clase de frases.

Tenía que arreglar las cosas, y tenía que hacerlo lo antes posible.

—Lo siento, Bip —dije—. Te he dejado a cuadros, ¿verdad?

Bip se miró todo el cuerpo con mucha atención.

—Negativo —dijo—. No veo cuadros por ninguna parte. Pero si quieres puedo activar el modo «camuflaje escocés»... Ya está: ahora ya estoy a cuadros.

El pobre Bip había puesto en marcha una función de su programa que lo cubrió de cuadros verdes y negros: parecía una camisa de leñador con

ojos y boca... Y a su alrededor, todo el mundo se partía de risa.

Y toda la culpa era mía. Otra vez había dicho una frase rara que Bip no podía entender. Pero ¿qué me pasaba? ¿Por qué no lograba controlar las palabras que salían de mi boca?

—Dejad de reíros ya, que el horno no está para bollos —grité muy enfadado—. Verdad, ¿Bip?

Bip se fue como una flecha hasta el horno.

—Afirmativo, Lucas. El horno no está preparado para hacer bollos en este momento. Hay que precalentarlo a una temperatura de 180 grados durante diez minutos. Si quieres lo enciendo...

Las carcajadas de mi familia y mis amigos iban subiendo de tono.

—¡Ay, qué bueno, Lucas! —dijo Raúl—. Esto lo tenías ensayado, ¿verdad? ¡Me parto de risa!

—¡Emergencia, emergencia! —empezó a gritar Bip, yendo hacia Raúl—. Se parte de risa... ¿qué hacemos, jefe? Ya se está doblando por el centro, mira...

—No le hagas ni caso, Bip. ¡Te está tomando el pelo! —dije yo.

Bip se llevó su mano de metal a la cabeza.

—Pero... pero si yo no tengo pelo... ¡qué manía!

—Ay, el pobre —dijo Leonor sujetándose la barriga, que le dolía de tanto reírse—. Cada vez está más quemado.

Ahí sí que Bip se asustó de verdad.

—¿Quemado? ¿Dónde estoy quemado? —empezó a gritar—. Mis sensores no detectan ningún fuego... ¿se me han estropeado los sensores? ¡Socorro, que alguien me ayude!

—¡Basta! —dijo Quique, muy enfadado—. No te preocupes, Bip, no te estás quemando. Pero ¿qué os pasa a todos? ¿Por qué habláis de esa manera? Sabéis perfectamente que Bip no puede entenderos.

—Creo que yo sé lo que les ocurre —dijo la abuela muy seria—. Leonor, pásame la bandeja de la tarta... Quiero examinarla con mi detector de hechizos.

Leonor le dio la bandeja a la abuela y ella sacó su detector, que es muy chulo porque parece una varita mágica con una estrella en la punta, aunque también tiene una antena y varios botones.

La abuela pasó el detector por encima de la bandeja con expresión concentrada.

—Lo que sospechaba —dijo—. Debí imaginármelo. Esa tarta era una trampa, Lucas. Contenía una poderosa poción, y ahora todos estáis bajo sus efectos.

—¿Qué efectos? —preguntó mi padre con cara de susto.

—Pues... Lo que habéis visto. Al hablar, os salen sin querer un montón de frases hechas. Es un boicot, un sabotaje dirigido a Lucas. Alguien se ha enterado de que está entrenando a su robot para entenderse con él y convertirlo en su ayudante, y quiere impedirlo por todos los medios. Y ese alguien solo puede ser...

—¡Noir! —dijimos Leonor y yo al mismo tiempo.

Noir es mi archienemigo más poderoso. Nos hemos enfrentado muchas veces, y siempre le he derrotado. Por eso me odia, y siempre está inventando planes para vengarse de mí. La tarta hechizada era su último truco.

—Qué desastre —dijo Leonor, que de repente estaba muy seria—. Y ahora, el pobre Bip tiene que pagar el pato.

—¿Tengo que pagar a un pato? —preguntó Bip, desconcertado—. ¿Por qué, qué es lo que vende?

—No hagas caso, Bip —dijo Quique, preocupadísimo—. Se te van a calentar los circuitos si sigues intentando entenderlos. Estamos en un buen lío, Lucas...

—Pues eso no es todo. —dijo la abuela consultando su reloj comunicador—. Me temo que los problemas no han hecho más que empezar.

—¿Por qué lo dices, abuela? —pregunté—. ¿Hay moros en la costa?

—¿Qué costa? —preguntó Bip—. Según mis datos, la costa más cercana se encuentra exactamente a 135 kilómetros y 302 metros de aquí.

—Se trata de Noir —le interrumpió mi abuela—. Y esta vez, es algo muy grave. El centro de coordinación de superhéroes acaba de lanzar una alarma internacional. Por lo visto, Noir está intentando robar las pirámides de Egipto.

—¿Las pirámides de Egipto? Pero ¿para qué las quiere? —gimió mi madre.

—Intentar robar las pirámides es una tradición en el mundo de los supervillanos —explicó mi abuela—. Es normal que Noir quiera intentarlo, se trata de un desafío a su medida.

—Pues yo lo que creo es que ese tipo ha perdido la cabeza —afirmó mi padre con gravedad.

—A lo mejor la está buscando —sugirió Bip—. La cabeza, digo... Según mis datos sobre los seres humanos, sus posibilidades de sobrevivir sin cabeza son bastante pequeñas, por no decir insignificantes.

—Tenemos que detenerle —dijo Leonor, mirándome—. Vamos Lucas, ponte las pilas...

Pero no hacía falta que me lo dijera, porque yo ya estaba desplegando mi superpatín volador.

Capítulo 5

No había tiempo que perder, así que puse el turbo de mi monopatín para llegar lo antes posible a Egipto, donde Noir estaba haciendo de las suyas. Leonor venía conmigo, y también llevábamos a nuestros robots, Bip y Clarissa. Casi no cabíamos en el monopatín, y Bip estuvo a punto de caerse un par de veces, pero al final llegamos todos sanos y salvos hasta las pirámides.

Enseguida comprobamos que Noir ya había empezado a poner en práctica su malvado plan. Alrededor de las pirámides hormigueaban miles de robots negros y amarillos, ante la mirada horrorizada de los turistas.

Yo conocía ese tipo de robots: los llaman justamente robots-hormiga. No son muy inteligentes, pero tienen una fuerza bruta increíble. Entre todos, pronto arrancarían las pirámides de cuajo y las cargarían en la gigantesca nave espacial que flotaba sobre ellas.

Desde un majestuoso dromedario, Noir contemplaba la escena con aire satisfecho. Leonor y yo nos fuimos directamente hacia él.

—Maldito rufián —dijo Leonor—. Crees que tienes la sartén por el mango, ¿verdad? Pero el que ríe el último ríe mejor.

—¿Qué dice? —preguntó Noir, mirándome—. No entiendo una palabra.

Siempre he sospechado que Noir tiene algo de robot dentro de él. Debe de ser una mezcla de hechicero y máquina, una especie de cyborg o algo así. Por eso no entendía las frases hechas de Leonor.

O a lo mejor estaba fingiendo... Es un gran comediante, eso hay que reconocerlo.

—No te hagas el sueco, la culpa es de tu regalo. Esa tarta de queso... Nos has dado gato por liebre.

—¿Gato por liebre? Pero ¿de qué hablas, Lucas? —Noir me miró con ojos burlones—. Os veo muy raros a los dos.

—¡Deja de marear la perdiz! —gritó Leonor.

—Sí. No vas a dárnosla con queso —añadí yo—. ¡Hemos descubierto el pastel!

—¿En serio? ¿Eso creéis? —Noir lanzó una estruendosa y aterradora carcajada—. Pues yo creo que no. Hablando de pasteles... Mirad ahí, en ese planeador que flota sobre las palmeras. ¿Lo veis?

Miramos hacia donde nos decía. En el planeador había tres tartas gigantes. Tres tartas de chocolate tan grandes como las pirámides, adornadas con montañitas de nata y con guindas del tamaño de una casa.

—¿A qué estás jugando? —dijo Leonor.

—Sí. ¿Qué te traes entre manos? —pregunté yo.

—Muy sencillo —contestó Noir—. Mi plan consiste en sustituir las pirámides por esas tres colosales tartas que veis ahí. Los turistas acudirán como moscas, atraídos por la novedad. Y querrán probar las tartas...

—¿Adónde quieres ir a parar?

—Muy fácil. Estas tartas están hechizadas, pero con un hechizo más poderoso aún que el de tu tarta de cumpleaños. Cualquiera que las pruebe quedará sometido para siempre a mi voluntad y tendrá que obedecer todas mis órdenes. Ojalá hubiese podido usar ese mismo hechizo contigo, Lucas, pero no funciona con superhéroes experimentados, de momento. Tengo que perfeccionarlo.

—No te saldrás con la tuya, bribón —dijo Leonor—. Vamos a darte tu merecido.

Noir volvió a lanzar otra de sus horripilantes carcajadas.

—¿Cómo? Mis robots-hormiga son prácticamente invencibles. Son resistentes al fuego y al agua, a los rayos láser y a las descargas eléctricas. Pueden soportar un peso de doscientas toneladas sin aplastarse. Y tienen un escudo magnético para que nadie pueda utilizar imanes contra ellos. Más vale que aceptéis la realidad, pequeños... Esta vez os he vencido.

—De eso nada. Tú nos ganarás... cuando las ranas críen pelo —dijo Leonor, desafiante.

—Eso. Cuando las ranas críen pelo —repetí yo—. O sea, nunca.

—¡Jajajaja! Qué graciosos. Y qué forma de hablar tan original. Quitaos del medio, niños... estáis molestando a los mayores.

Noir salió prácticamente volando en su dromedario. Estaba claro que no era un dromedario normal y corriente.

Leonor y yo nos quedamos mirándolo con la boca abierta hasta que desapareció detrás de unas palmeras.

—Vaya —murmuré—. Se ha ido a toda pastilla.

—¿Qué vamos a hacer, Lucas? —me preguntó Leonor. Nunca la había visto tan desanimada—. Estamos fritos. Hundidos. Acabados. Estos robots son prácticamente invencibles. Si nos enfrentamos a ellos nos harán papilla.

—Lo sé. Esto va a acabar como el rosario de la aurora... Uy, pero ¿qué estoy diciendo? Ni siquiera entiendo mis propias frases.

—Creo que significa que esto va a acabar fatal. Y tienes razón. Esta vez, Noir nos la ha dado con queso. Nos ha vencido.

En ese momento se iluminó la pantalla de mi reloj comunicador. Pulsé el botón y vi la cara sonriente de la abuela.

—¿Cómo va la cosa, Lucas? ¿Ya habéis derrotado a Noir?

—No, abuela. Tiene un ejército de robots-hormiga arrancando las pirámides del suelo. Nos gustaría darle sopa con onda, pero no sabemos cómo... Estamos a punto de tirar la toalla.

—No, Lucas. Podéis vencer a esos robots. Pero solo hay una manera: tenéis que usar a los vuestros.

—¿A Bip y a Clarissa? —preguntó Leonor—. ¿Cómo?

—Los robots que no hablan son inferiores en su programación a los que han aprendido a hablar —explicó la abuela—. Cuando se enfrentan a un robot parlante, obedecen sus instrucciones antes que las de cualquier humano. ¿No lo entiendes, Lucas? Por eso te mandó Noir una tarta hechizada. Se enteró de que estabas entrenando a tu robot para hablar y quiso asegurarse de que no pudiera entenderte.

—Pues se ha salido con la suya. Estamos con el agua al cuello, abuela.

—Nada de eso. Aquí no hay nadie con el agua al cuello —replicó la abuela con severidad—. A pesar del hechizo de Noir, todavía podéis vencer. Usad a vuestros robots, y ellos dominarán a los robots-hormiga.

—Pero si ni siquiera nos van a entender...

—Buscad la manera. Si no sale a la primera, saldrá a la segunda. Y si no, a la tercera. Lo importante es no rendirse... O «no tirar la toalla», como vosotros decís.

Capítulo 6

Teníamos que actuar deprisa, porque los robots-hormiga ya habían conseguido arrancar una de las pirámides del suelo y sustituirla por una de las tartas hechizadas. Lo peor era que la tarta gigante atraía a los turistas mucho más que las pirámides. Todos caminaban hacia ella como si estuvieran hipnotizados, empujándose unos a otros para llegar los primeros. Pronto empezarían a comérsela... y se convertirían en esclavos de Noir.

Era una situación de emergencia extrema. A nuestro lado, Bip y Clarissa observaban lo que ocurría con ojos asustados. Sabían que dependíamos de ellos, y que eran nuestra última esperanza.

—Bueno, Clarissa y Bip, ha llegado la hora de la verdad —dijo Leonor—. Necesitamos que defendáis esas pirámides a capa y espada.

Clarissa y Bip se miraron. Luego, salieron disparados como flechas hacia un mercadillo que había cerca.

—Pero ¿qué hacen? —pregunté yo—. Las pirámides no están por ahí...

—¡Estos dos no saben ni dónde tienen la cabeza! —gimió Leonor.

Sin embargo, cinco minutos después los vimos aparecer. Y con un aspecto que nos hizo reír, a pesar de la tensión del momento. Porque Bip llevaba puesta una capa azul y Clarissa una capa roja. Y cada uno llevaba una espada de juguete.

—Misión cumplida, jefe —dijo Bip, orgulloso—. ¿Cuál es el siguiente paso?

—Que no, hombre, que no era eso lo que quería decir... Lo que necesitamos es que nos ayudéis a darles a esos robots-hormiga su merecido.

—¡Sí, eso es! —dijo Leonor—. Tenéis que demostrarles lo que vale un peine.

Clarissa y Bip se miraron, y de nuevo salieron disparados hacia el mercadillo.

—Buena la has hecho —le dije a Leonor, malhumorado—. ¿Es que no podías morderte la lengua?

—¿Y qué quieres que haga? Cuanto más lo intento, menos controlo las frases que salen de mi

boca. Pero si tú crees que puedes hacerlo mejor, adelante... Eh, mira eso... ¿qué hacen?

Bip y Clarissa ya habían vuelto del mercadillo. Estaban en el monopatín flotante de Bip, que es como el mío pero en pequeño. Se habían colocado justo encima del ejército de robots-hormiga.

—Este peine, señoras y señores, podría cambiarles la vida —dijo Bip enseñándoles a todos un peine que había comprado en el mercadillo—. Su aspecto nunca volverá a ser el mismo. Con este peine conseguirán el *look* de sus sueños. Pelo liso, rizado, ondulado, con mechas... Este peine sirve para todos los tipos de cabello. Sus púas son una deliciosa caricia para el cuero cabelludo. Y pueden conseguirlo por la módica cantidad de diez euros.

Los robots-hormiga empezaron a saltar y a levantar los brazos hacia Bip, mientras emitían todo tipo de crujidos, chasquidos y chisporroteos. Estaba claro que todos querían el peine, aunque, como no podían hablar, tenían que expresarlo mediante aquel alboroto.

Leonor y yo nos miramos.

—Por lo menos hemos conseguido distraerlos —dijo Leonor.

—Sí, pero ¿cuánto va a durar? Mira, algunos ya se están aburriendo... ¡Hay que encontrar otra cosa!

—Ya lo tengo —dijo Leonor—. ¡Clarissa, demuéstrales quién parte aquí el bacalao!

Clarissa salió otra vez disparada hacia el mercadillo en su miniparapente, mientras Bip seguía con su discurso sobre el peine. Los robots-hormiga no salían de su asombro. Es verdad que algunos habían vuelto al trabajo, pero la mayoría seguía observando a Bip y a su peine con aire embelesado.

Clarissa tardó bastante tiempo en volver. Seguramente no le fue tan fácil encontrar bacalao en el mercadillo como ella creía. Pero lo consiguió... Y de paso, había conseguido también un gorro de cocinera que le daba un aire muy profesional.

—Vengan, damas y caballeros —dijo, aterrizando con su parapente a media altura sobre una de las pirámides—. Hoy voy a enseñarles cómo

partir el bacalao para preparar una deliciosa receta de bacalao al pil pil. Verán: la forma más sencilla es con un cuchillo, pero algunos chefs prefieren las tijeras, como es mi caso. Miren qué fácil es. Tijeretazo por aquí... ¡zas! Tijeretazo por allá... ¡Ras! Si no tienen bacalao a mano para practicar, pueden coger cualquier otra cosa.

Esa sí que fue una frase brillante. Porque los robots-hormiga, extasiados con las palabras de Clarissa, obedecieron al instante, y cogieron lo primero que encontraron a mano... que era justamente a su compañero más cercano. O sea, que empezaron a despedazarse unos a otros.

—¡Esto funciona! —dije entusiasmado—. No me lo puedo creer... ¡La cosa va sobre ruedas!

Iba bien, desde luego, pero la batalla no estaba ganada todavía. Porque cuando los robots terminaron de despedazar a sus vecinos, la mitad aún seguía en pie... y teníamos que encontrar la forma de acabar con ellos.

—Vamos, chicos, lo estáis haciendo muy bien —les grité a Bip y a Clarissa—. ¡Ahora, tenéis que conseguir que muerdan el polvo de una vez por todas!

Y entonces, Bip y Clarissa empezaron a gritar a pleno pulmón:

—¡Venga, muchachos! ¡Venga, a morder el polvo!

Los robots-hormiga se pusieron como locos a morder la arena... Pero pronto descubrimos que la idea no era tan buena como nosotros creíamos, porque, como estaban todos alrededor de las pirámides, sobre todo mordían sus bases, y así las iban separando poco a poco del suelo.

—Hay que detenerlos —dijo Leonor—. Bip y Clarissa, decidles que... ¡decidles que pongan pies en polvorosa!

—Pero ¿qué es polvorosa? —preguntó Bip.

—Yo sé lo que es polvorón —dijo Clarissa—. Pero polvorosa... No tengo ni idea.

—Vale, da igual... Decidles... Decidles que tomen las de Villadiego.

—¿Villadiego? Pero yo no sé dónde está Villadiego —se quejó Clarissa.

—Da igual. Vosotros ordenádselo igual... A ver qué pasa.

—Está bien —dijo Bip—. Venga, amigos, ¡tomad las de Villadiego!

Los robots-hormiga, que no tenían ni idea de dónde estaba Villadiego ni adónde tenían que ir, comenzaron a huir en todas direcciones. Y como eran tantos, tropezaban sin parar unos con otros. Y, como eran tan agresivos, cuando tropezaban se enfadaban y atacaban a sus vecinos. Total, que aquello se transformó en un momento en una batalla campal.

Leonor y yo nos pusimos tan contentos que empezamos a saltar y a abrazarnos.

Pero entonces Noir se acercó a nosotros galopando en su dromedario volador.

—No cantéis victoria antes de tiempo, muchachos —dijo con su voz atronadora—. ¿Creéis que me habéis vencido? Puede que mis robots-hormiga estén acabados, pero ya han hecho su trabajo.

—¡Eso no es verdad! Dos de las pirámides siguen en su sitio, y pronto devolveremos la otra a su lugar.

—Ja. Demasiado tarde para eso. Mirad todas esas hileras de turistas hipnotizados. Parecen zom-

bis, ¿a que sí? —dijo Noir con una sonrisa feroz—. Les he ordenado que destruyan a vuestros robots, y después, que os destruyan a vosotros. Y yo, mientras tanto, me voy con mi pirámide... ¡Hay un millonario mafioso que quiere comprármela, y me dará una fortuna por ella!

—Espera... ¡Noir! —gritó Leonor.

—Es inútil. Se ha ido con viento fresco.

—Pero tenemos que hacer algo... ¡Bip, Clarissa, echadle el guante!

Bip y Clarissa miraron a Noir, se arrancaron los guantes de acero que protegían sus manos robóticas y se los tiraron a Noir.

Pero ni siquiera le alcanzaron.

El maldito villano se volvió, lanzó una carcajada y luego huyó a toda velocidad en su dromedario volador mientras un ejército de turistas con caras de zombis venía a por nosotros.

Capítulo 7

—¿Qué vamos a hacer, Lucas? —gritó Leonor—. ¡Estamos en la cuerda floja!

En la cuerda floja no estábamos, en realidad. Estábamos en un monopatín volador que se estaba quedando sin batería, flotando sobre una multitud de turistas hipnotizados por Noir que solo querían destruirnos. No era una situación demasiado buena.

Nuestra única esperanza eran nuestros robots. Ahora que ya habían conseguido sembrar el caos entre los robots-hormiga de Noir, debíamos intentar que nos ayudaran.

El problema era que estábamos muy nerviosos, y eso empeoraba los efectos del hechizo.

—¡Bip, por favor! —llamé a través de mi comunicador de bolsillo—. ¡Ponte las pilas, o Noir se saldrá con la suya!

—Sí —me apoyó Leonor, cogiendo el aparato—. ¡Por favor, no dejéis que Noir se vaya de rositas!

—¿De rositas? —preguntó Clarissa—. ¿Se ha ido a coger flores? Pero si por aquí cerca no hay más que desiertos... bueno, y palmeras.

—No, ¡no! Lo que queremos decir es que tenéis que hacer algo para atraparle —expliqué—. ¡Tenéis que darle de su propia medicina!

—Ah, vale —dijo Bip—. ¿Qué medicina toma? ¿Aspirina? ¿Jarabe para la tos? No sabía que se podía vencer a un villano dándole jarabe.

—¡Que no! —chilló Leonor, desesperada—. No es eso...

—Déjalo —le susurré yo—. Lo principal ya no es echarle el guante a Noir, sino sacarnos de este atolladero. ¡Bip, olvídate de Noir y ayúdanos a nosotros! Estamos con el agua al cuello.

En la distancia, vi que Bip nos observaba con unos grandes prismáticos negros.

—¿En serio? Pues yo no veo agua a vuestro alrededor, sino aire.

—Agua, aire... ¿qué más da? Esto está que arde, ¿no lo ves? Haz lo que sea para ayudarnos, lo que sea... en estos momentos, me agarraría a un clavo ardiendo.

Clarissa y Bip se miraron.

—¿A un clavo ardiendo? —preguntó Bip, asombrado—. Va a ser un poco difícil conseguirlo, pero, si es lo que queréis...

—Es inútil —resopló Leonor—. No conseguiremos que nos entiendan. Estamos perdiendo los papeles.

—Sí. A perro flaco todo son pulgas... ¡Madre mía, ni siquiera yo mismo entiendo lo que digo!

—Qué me vas a contar. Y mira a esos de abajo... Creo que estoy empezando a verle las orejas al lobo.

—¿Dónde se habrá metido mi abuela? Podría echarnos una mano...

—¡En las nubes!

—Oye, no te pases. Mi abuela puede ser despistada algunas veces, pero...

—¡No, no! ¡Esta vez no es una forma de hablar! Mira allí arriba —dijo Leonor, señalando a una nube—. ¿No la ves?

Pues era cierto, ¡tenía razón! Mi abuela acababa de aparecer en su viejo platillo volante, acompañada de Superchef, un superhéroe que es muy amigo suyo.

—¡Lucas! ¡Lucas! ¿Me recibes? —dijo la abuela a través de la radio del monopatín.

—Te recibo, sí. ¡Abuela, por favor, échanos un cable! ¡Esos zombis de ahí abajo quieren hacernos puré! ¡Se me pone la carne de gallina solo de pensarlo!

—Tranquilo, Lucas. Mantened la calma. Superchef me ha ayudado a preparar un antídoto para toda esa pobre gente. Pero primero debemos utilizar el rayo anticalórico... ¡Fijaos!

Del platillo salió un potente rayo de color verde fluorescente que bañó a toda la multitud de esclavos de Noir. En cuanto la luz verde les daba en la cara, sus expresiones cambiaban. De pronto, ya no estaban pendientes de nosotros, sino que empezaron todos a mirar a su alrededor, como buscando algo.

—¿Qué les pasa? ¿Qué mosca les ha picado? —preguntó Leonor.

—El rayo anticalórico hace que necesiten comer urgentemente una comida ligera y sana —explicó la abuela—. Ya le he dicho a Superchef que debería patentarlo. Algunas empresas pagarían una pasta por ese invento.

—Mis inventos son *paga ayudag* a la humanidad, no *paga hundig* a los *fabjicantes* de chocolate —explicó Superchef a través de la radio. Pronunciaba las «erres» como ges o como jotas porque era

francés—. Además, ¿qué *seggguía* de mis famosísimas *cjoquetas?* Nadie *queggguía comejlas...* No puedo *permitijlo.*

—Vale, Superchef, ya sé que te encantan las croquetas y las tartas de chocolate, pero recuerda lo que hemos venido a hacer —dijo la abuela—. Tenemos una misión, y aún falta la segunda parte... ¡Hay que regar esa gigantesca tarta de chocolate de ahí con el antídoto!

Dicho y hecho. La abuela colocó su platillo volante justo encima de la tarta, se abrieron unas compuertas y una lluvia de líquido verde cayó sobre el enorme pastel. El líquido transformó el bizcocho en lechuga, las guindas en tomates, y la nata en espárragos, convirtiendo la tarta en la ensalada más grande del universo conocido.

Los turistas se volvieron hacia la ensalada con ojos hambrientos. De repente, ya no les importábamos nada ni Leonor ni yo. Lo único que querían era probar un poco de aquella montaña de lechuga, espárragos y tomates. Sí, lo sé: suena increíble... Pero es que el hechizo de Superchef era realmente poderoso.

Mientras los turistas se peleaban unos con otros por una hoja de lechuga, la batería del monopatín se acabó del todo... y se abrió automáticamente el paracaídas de emergencia. Gracias a él, aterrizamos suavemente en el suelo. Gracias a la abuela y a su amigo, cuando caímos sobre la arena ya no había nadie esperando para destruirnos... Todos se habían ido a comer ensalada.

Leonor y yo estábamos tan contentos que nos abrazamos.

El platillo de la abuela aterrizó unos minutos después a nuestro lado, y ella descendió por la escalerilla un momento después, sonriendo de oreja a oreja.

—Bueno, no ha ido mal del todo, ¿eh? —nos dijo.

—¡Lo hemos conseguido! —respondió Leonor, entusiasmada—. ¡Al final, nos hemos llevado el gato al agua! Uy... ¿qué digo?

—Sí, abuela, gracias a ti le hemos dado la vuelta a la tortilla.

La abuela nos miró con cara de preocupación.

—Ay, Dios mío. Estáis peor que nunca... Venid al platillo conmigo, rápido. Necesitáis tomar el antídoto lo antes posible.

—¿El antídoto? —dije, preocupado—. No me digas... No me digas que es otra ensalada.

—No, Lucas, no es una ensalada.

Capítulo 8

—¿¿¿¿Brócoli???? —grité horrorizado.

—Vamos, Lucas, no seas gallina —dijo Leonor sonriendo con aire de superioridad—. Yo ya me lo he tomado, y está para chuparse los dedos.

—¿Si ya te lo has tomado, por qué sigues hablando con frases hechas? —me volví hacia la abuela, esperanzado—. ¿Lo ves, abuela? No funciona. El antídoto te ha salido rana.

—Vamos, no pongas excusas —contestó la abuela, inflexible—. ¿No tienes miedo de un cañón láser y te asusta un poco de brócoli cocido? No me lo puedo creer; vaya superhéroe...

—¡Pero es que sabe a rayos! ¿No podíais haber fabricado un antídoto que fuera una croqueta, o un plato de espaguetis? —pregunté, mirando a Superchef con rencor.

Pero él sonrió sin pestañear.

—El *bjócoli* es más eficaz *paga* esta clase de antídotos, y hace efecto más *gápido* —explicó.

—Vamos, Lucas, no seas miedica —dijo la abuela—. Ni siquiera lo has probado, no sabes si te gusta o no. Piensa en tu pobre robot. Necesita que le hables claro, de una forma que él pueda entender.

—Y además, la misión no ha terminado —dijo Leonor—. Todavía tenemos que recuperar la pirámide que ha robado Noir, antes de que la venda y le perdamos la pista.

Suspiré, resignado.

—Está bien. Si no hay más remedio...

Pinché un trozo de brócoli con el tenedor, lo miré un segundo y comprendí que era mejor no seguir mirando, si no quería desmayarme. Así que cerré los ojos y me lo llevé a la boca...

Bueno, la verdad es que no sabía tan mal. En realidad estaba bastante pasable. Bueno, casi delicioso. Hasta repetí... Tengo que reconocer que Superchef, además de ser un superhéroe alucinante, es bastante buen cocinero.

Cuando terminé, la abuela me dio un beso en la mejilla.

—Muy bien, Lucas. Estoy orgullosa de ti.

Me dio vergüenza que me besara delante de Leonor, así que empecé a protestar.

—Abuela, por favor, que no soy un crío. Además, estamos trabajando...

—Tienes razón. Lo importante ahora es que os pongáis en contacto con Bip y Clarissa. Hemos perdido un tiempo precioso, y hay que recuperarlo cuanto antes. Necesitamos encontrar esa pirámide robada.

—¿Y cómo vamos a hacerlo? —preguntó Leonor.

—Mi *sujegencia* es que usen los *gobots hojmiga* de *Noij* —dijo Superchef—. Pueden *controlajlos* mediante sus *gobots pajlantes...* si les dan las *ójdenes* adecuadas.

Era un buen consejo, así que eso fue lo que hicimos. Activamos los comunicadores y les dimos a nuestros robots órdenes claras.

—¡Bip, por favor, diles a los robots-hormiga que localicen la pirámide robada! —dije yo.

—¡Clarissa, ordénales a los robots-hormiga que nos lleven hasta la pirámide robada lo más deprisa posible! —dijo Leonor.

—¡Recibido! —contestaron nuestros robots contentísimos—. Misión activada...

Un momento después, vimos cómo todos los robots-hormiga empezaban a unirse unos con otros para formar una especie de superrobot gigante. Y cuando estuvo formado, el robot tomó la forma de un helicóptero... y empezó a volar, con Bip y Clarissa cómodamente instalados en la cabina.

Nosotros seguimos al robot-helicóptero en el platillo volante de la abuela.

Yo al principio pensé que iba a ser un viaje corto, pero resultó todo lo contrario.

Volamos durante horas y horas atravesando tormentas y cielos despejados, y yendo siempre hacia el norte. Sobrevolamos mares, ciudades, bosques, praderas y campos de cultivo. Superchef se durmió y empezó a roncar como una marmota. Cada ronquido suyo hacía temblar el platillo, y resonaba como un trueno. El pobre hombre estaba agotado, después del esfuerzo de preparar tantos antídotos.

Por fin, el superrobot helicóptero comenzó a descender. Estábamos en una llanura helada, con enormes montañas blancas en el horizonte. El polo norte, seguramente....

Y allí, en medio del hielo blanco, se encontraba la pirámide que había robado Noir. Estaba protegida por una gran cúpula transparente que reflejaba la luz de las estrellas.

En cuanto aterrizamos le di a Bip una nueva orden.

—Vamos, Bip. Diles a los robots-hormiga que destruyan la cúpula y cojan la pirámide. Tienen que devolverla a su sitio.

—Vamos, chicos, ¡haced picadillo esa cúpula! —dijo Bip con una voz tan ronca y atronadora que estuve a punto de caerme del susto—. ¡Deprisa!

—Sí, ¡vamos, haced papilla ese cristal y coged la pirámide! —gritó Clarissa—. Hay que llevarla otra vez a su sitio.

Leonor y yo nos miramos sin entender nada.

—Un momento, ¿qué... qué están haciendo? —balbuceé—. ¿Están usando... frases hechas?

—Es imposible —murmuró Leonor con los ojos abiertos como platos—. Imposible...

La abuela se encogió de hombros.

—Los robots parlantes aprenden muy rápido. Se ve que han comprendido el mecanismo de las expresiones figuradas y les ha gustado... ¡Y mirad! Lo mejor es que los robots-hormiga los entienden.

Sí que los entendían, sí. En menos de un cuarto de hora, destrozaron la cúpula y molieron los cristales hasta convertirlos en una especie de puré transparente que casi no podía distinguirse del hielo.

—Mirad, están levantando la pirámide entre todos —dijo Leonor—. ¿Serán capaces de llevársela otra vez a su sitio?

—Claro que sí —dijo la abuela con mucha seguridad—. Pero luego iremos a comprobarlo, para asegurarnos.

—¿Luego? ¿Por qué no vamos ahora mismo? —pregunté yo.

Entonces me di cuenta de que un olor delicioso había invadido la sala de mandos del platillo.

—Antes tenemos que reponer fuerzas —explicó la abuela—. Superchef está cocinando sus famosas croquetas... Tiene esa costumbre. Siempre hace croquetas para celebrar el éxito de sus misiones.

—Supongo que *queguéis pjobajlas, ¿vejdad,* chicos?

¡Claro que queríamos probarlas! Olían de maravilla...

Y además, Superchef es un superhéroe muy poderoso. Dicen que los que desprecian sus croquetas siempre, siempre terminan mal.

Capítulo 9

Después de acabar con las croquetas de Superchef, regresamos con el platillo volante a Egipto para ver si los robots-hormiga de Noir habían cumplido con su tarea.

Las tres pirámides estaban en su sitio, y los restos de la ensalada gigante de mi abuela habían desaparecido, devorados por los turistas. La abuela nos explicó entonces que la ensalada contenía un suero del olvido para que todos los que la habían probado eliminasen de su memoria el recuerdo de la tarta de chocolate, de Noir y de todo lo que había pasado.

—Lo que más le molesta del mundo a un supervillano es que la gente no se acuerde de lo que ha hecho —nos dijo—. Noir se pondrá furioso cuando se entere de que la gente ha olvidado su hazaña.

—¿Y adónde han ido los robots-hormiga? —preguntó Leonor—. No los veo por ninguna parte.

—Eh, mirad: por ahí vienen Clarissa y Bip —dije—. A lo mejor ellos lo saben. Bip, ¿qué ha pasado con los robots de Noir? No me digas que han vuelto con él... ¡Eso sería horrible! Volverán a obedecerle para cometer otro robo... Debería haberte ordenado que lo impidieras.

—No te preocupes, jefe. Ya lo hemos hecho Clarissa y yo por nuestra cuenta.

—Claro —le apoyó Clarissa—. ¿Es que creéis que los robots no podemos hacer nada sin que nos lo ordenen?

—Pues... sí —admití—. ¿Es que no es así?

—¡Claro que no! Eso solo funciona con los robots que no saben hablar, pero no con los robots como nosotros. Como sabemos hablar, también sabemos pensar, y eso significa que también sabemos tomar nuestras propias decisiones.

—Por lo menos, a veces —puntualizó Bip—. Yo todavía no tengo mucha práctica.

—No sé si voy a acostumbrarme a esto —dije yo, asombrado—. No sabía que los robots parlantes fuesen así.

—Vamos, Lucas, es mucho mejor, reconócelo —dijo Leonor—. ¿Qué prefieres, tener una especie de muñeco que te obedezca, o un amigo en quien confiar?

—Leonor tiene razón —dijo la abuela—. Tener como ayudante a un robot que sabe pensar te hará mejorar mucho como superhéroe.

Bip me miró con una sonrisa robótica de lo más tierna. La verdad es que me llegó al corazón.

—Siempre quise tener un perro, pero supongo que esto es mejor —murmuré.

La sonrisa se borró de la boca de Bip.

—¿Me estás comparando con un perro? ¿En serio?

Creo que me puse colorado.

—Yo… no, qué va, solo era una broma.

—Bueno, y al final, ¿qué habéis hecho para impedir que los robots-hormiga vuelvan con Noir? —preguntó Leonor mirando a Clarissa—. No nos lo habéis contado…

—Muy sencillo —dijo Clarissa—. Les hemos convencido para que hagan un crucero por el Nilo. Entre todos han alquilado un barco y están disfru-

tando del viaje... ¡Seguro que se lo estarán pasando genial!

—Casi me dan envidia —suspiró Bip.

—Bip tiene razón —dijo la abuela—. A mí también me gustaría hacer ese crucero, y hace mucho tiempo que no me tomo unas vacaciones. ¿Qué os parece si os invito a todos a un viaje por el río más largo de África para ver las maravillas del Antiguo Egipto?

—*Me pagece magavilloso* —dijo Superchef, encantado.

—Y a mí, increíble —dijo Leonor.

—Y a mí fantástico —dije yo.

—Y a mí... —dijo Bip, y sé quedó pensando, hasta que por fin se le iluminó la cara—. ¡Ya lo sé! A mí me parece un sueño hecho realidad.

Ana Alonso

Cómo hablar con tu robot

ANAYA

LAS FICHAS DE PIZCA DE SAL

1 Para observar

1 Observa la ilustración y contesta a las preguntas:

a) ¿A qué **frase hecha** corresponde?

______

b) Escribe aquí su **significado:**

______

Contenidos

Frases hechas

Sinónimos

Actividades

Refuerzo: 1, 2 y 3

2 Entre las siguientes expresiones, subraya las que tienen el mismo significado que la frase hecha de la actividad anterior.

Quedarse atónito **Quedarse helado** **Quedarse frito**

Estar hecho un flan **Quedarse perplejo**

3 ¿Cuál de las expresiones que has subrayado en el ejercicio anterior es una frase hecha?

Nombre: ____________________

2 Para comprender lo leído

1 ¿Por qué decide Lucas **enseñar a hablar** a su robot?

2 ¿Por qué el robot **deja de entender** a Lucas a partir de la fiesta de cumpleaños?

Contenidos

Frases hechas

El lenguaje literario

Actividades

Refuerzo: 1, 2, 3, 4 y 5

3 ¿Cuál es el **objetivo** del supervillano Noir en esta aventura?

4 ¿Cómo le **impiden** Lucas y Leonor alcanzar ese objetivo?

5 ¿Qué **tiene que hacer** Lucas para recuperar la capacidad de hablar de un modo normal?

Nombre: ____________________

3 Para aplicar lo aprendido

1 Escribe una oración con cada una de las siguientes **frases hechas:**

a) **«Estar como pez en el agua».**

b) **«Estar en ascuas».**

c) **«Estar sin blanca».**

PIZCA DE SAL

Contenido

Frases hechas

Actividades

Ampliación: 1 y 2

2 Utiliza las siguientes expresiones figuradas: **«por amor al arte»** **«hace aguas»** **«vivir del aire»** **«como un castillo»** para completar el texto.

Algunos piensan que los músicos tienen que trabajar ____________________ ____________________, pero esa teoría ____________________ por todas partes. Los músicos necesitan que se pague su trabajo, no pueden ____________________. Y esa es una verdad ____________________, aunque a algunos no les guste oírla.

Nombre: ____________________

4 Para mejorar la creatividad

1 Escribe una pequeña historia o anécdota en la que puedas emplear la expresión **«como unas castañuelas»**.

Contenido

Frases hechas

Actividades

Refuerzo: 1 y 2

Interdisciplinar con Plástica: 2

2 Haz un dibujo en el recuadro que ilustre el verdadero significado de la expresión **«dar gato por liebre».**

Nombre: ______________________________

5 Para pensar y relacionar

1 Relaciona con flechas cada una de estas **expresiones** con el **verbo** que define su significado.

Irse por los cerros de Úbeda	cuestionar
Dormirse en los laureles	huir
Poner en tela de juicio	descuidarse
Tomar las de Villadiego	divagar

PIZCA DE SAL

Contenidos

Frases hechas

Sinónimos

Actividades

Refuerzo: 1 y 2

2 Encuentra un **sinónimo** para cada una de estas expresiones:

a) **Estar frito:**

b) **Hacer de tripas corazón:**

c) **Vivir como un rey:**

d) **Oler a chamusquina:**

Nombre: ______________________

6 Para buscar información

1 En equipos de cuatro, buscad al menos cuatro **frases hechas** curiosas preguntando a vuestra familia o a través de Internet. Confeccionad un mural con dibujos divertidos y explicaciones de las cuatro frases hechas. Puedes dibujar aquí tu frase favorita:

Contenidos

Frases hechas

Lenguaje figurado

Actividades

Complementarias: 1 y 2

En equipo: 1 y 2

Interdisciplinar con Plástica: 1

2 Cada uno de los miembros del equipo explicará en voz alta ante la clase el significado de una de las **frases hechas** de su mural, para que el resto de los compañeros puedan apuntarlas y aprenderlas.
Anota aquí algunas de las frases que más te hayan gustado.

Nombre: ______________________________

7 Para pensar y relacionar

1 Señala si las siguientes afirmaciones son verdaderas **(V)** o falsas **(F)**:

V	F	
☐	☐	**«Ser duro de pelar»** es ser difícil de convencer.
☐	☐	**«Despedirse a la francesa»** es despedirse amablemente.
☐	☐	**«Hacerse el sueco»** es hacerse el importante.
☐	☐	**«Estar en las nubes»** es estar distraído.

Contenidos

Frases hechas

Adjetivos

Adverbios

Actividades

Refuerzo: 1

Ampliación: 2

2 Une mediante flechas las siguientes expresiones con el adjetivo o adverbio que define su significado. Y, si ya los has estudiado, rodea con un **círculo rojo** los adverbios y con un **círculo azul** los adjetivos.

Hecho un pincel	Estupendamente
Como alma que lleva el diablo	Mal
Pasarlo bomba	Precipitadamente
Hecho una fiera	Furioso
De pena	Elegante

Nombre: ______________________________

8 Para aplicar lo aprendido

1 Invéntate una **frase hecha** y escríbela aquí debajo, explicando lo que significa.

Su significado es:

PIZCA DE SAL

Contenidos

Frases hechas

Lenguaje figurado

Actividades

Refuerzo: 1

Complementaria: 2

2 Juega con **frases hechas:**

a) Cada niño **escribe una frase hecha** en un papelito pequeño y lo dobla.

b) Todos los papelitos se recogen en una bolsa. Por turnos, el profesor va llamando alumnos.

c) Cada uno coge un papelito de la bolsa y **representa con gestos** la frase hecha que le ha tocado o su significado.

d) El primer alumno que acierte consigue un punto.

e) Gana el niño que más puntos acumule durante todo el juego.

Nombre: ______________________

9 Para expresarse por escrito

1 Reescribe el siguiente texto sustituyendo las **frases hechas** por palabras o expresiones sinónimas:

Le dije que estaba hasta la coronilla de sus tonterías y que le iba a cantar las cuarenta si volvía a las andadas, pero él se hizo el sueco y siguió erre que erre hasta que consiguió sacarme de mis casillas.

PIZCA DE SAL

Contenidos

Frases hechas

Sinónimos

Actividades

Ampliación: 1 y 2

Interdisciplinar con Plástica: 2

2 A partir de la expresión **«se descubrió el pastel»**, realiza un dibujo divertido y escribe una historia donde aparezca esa expresión.

Nombre: ____________________

10 Para comprender lo leído

1 Lee en voz alta este texto, extraído de *Don Quijote de La Mancha,* en el que don Quijote se dirige a su escudero Sancho Panza:

También, Sancho, no has de mezclar en tus pláticas la muchedumbre de refranes que sueles; que puesto que los refranes son sentencias breves, muchas veces los traes tan por los cabellos, que más parecen disparates que sentencias.

2 ¿Qué **frase hecha** emplea don Quijote en este texto?

PIZCA DE SAL

Contenidos

Frases hechas

El lenguaje literario

Actividades

Ampliación: 1, 2, 3 y 4

3 ¿Qué significa la **frase hecha** en el texto que acabas de leer?

4 Escribe ahora **dos frases** en las que aparezca la misma **frase hecha**.

Nombre: ____________________